畝間《unema》

広部英一

思潮社

広部英一詩集

詩集

畝間

広部英一

思潮社

畝間　目次

I

普段の朝　12
水上の市　13
幸福魚　14
三重塔　15
春の空　16
昼夜　17
牛舎　18
天蓋　19
百喩　20
慈雨　21
田の道　22
畝間　23
香香　24
青年　25
喇叭の音　26
枇杷の木　27
提灯行列　28

沖田の畦　29
Ⅱ
ジャンケン　32
絹雲　33
平凡　34
蓬莱軒　35
キャッチボール　36
水曜日　37
レッスン　38
ワンピース　39
生気　40
相手　41
Ⅲ
新橋　44
一日　45
悪い日　46
光の莚　47
新世界　48

何の木　49
大木　50
雨季　51
林間　52
Ⅳ
日野川　56
良い日　57
寧日　58
青葉　59
雀色時　60
半日　61
故郷　62
新天地　63
噴水　64
Ⅴ
六月の庭　68
河畔　69
うぐいす　70

大池　71
麓の村　72
段段畑　73
高い声　74
栗の樹　75
憂鬱　76

Ⅵ

三十センチ　80
胡蝶　81
唐黍畑　82
水の上　83
道の駅　84
酸味　85
稲架場　86
あとがき　89

装画＝京からかみ文様（岩崎美術）　装幀＝思潮社装幀室

I

普段の朝

今朝の街角は普段の日の早朝と別に変わりはなかった
強いて違いを言えば今朝の街角には少年と子犬がいた
さらに強いて言えば今朝の街角には掃除する人がいた
彼は町内の人ではあるが三年前に亡くなった人だった
彼は律義な方で死後も町内を見回ってくれるのだった

太陽が昇ってくると街角は徐徐に明るくなっていった
お早うございますと挨拶を交わす近所の人たちの声や
朝顔の花を数える少女の声が近く聞こえてきたりした
今日一日、僕の街は朝早くから暑くなりそうだったが
今日一日、僕の街は死者もいて平穏であるらしかった

水上の市

水郷では朝ごとに老若男女が寄り集まり水上に市が立った
川魚売りや山菜売りにまじって人間の涙を売るひとがいた
小壺に溜められた涙は澄んでいて哀しみだけが光っていた
川魚や山菜は売れ残る日があったが日ごと涙は売り切れた
翌朝には新しい涙の小壺が台に並べられ売り場は賑わった

涙を売るひとも涙を買うひともこの世の人達ではないのだ
朝市で自分の涙を売ったり他人の涙を買ったりすることで
彼らはみな死者であることをきっと楽しんでいるのだろう
ビニール袋に入れた涙に前世を泳がせて見ている子がいた
その子の前世は夜店で掬った魚のように金色に輝いていた

幸福魚

みずうみの近辺の村では大人も子どもも魚を釣るという
釣った魚はご飯のお菜にして家族みんなで食べるという
大人も子どもも美味しい美味しいといって食べるという
そんな生活にぼくはいつごろから憧れてきたのだろうか
ぼくは遠いみずうみの湖岸に立ち一家の団欒を蘇らせる

夕映えの空の下を釣竿と魚籠を手に持った父と子が通る
老いた父と幼い子は睦まじそうになにか話し合っている
今日も彼らは幸福という名の魚を何尾も釣ったのだろう
たとえ不幸という名の魚が釣れても捨てることはしない
幸福魚も不幸魚も家族みんなで分け合って仲良く食べる

三重塔

人間界を長く生きてきてご苦労だったが正直なところ
悪事の一つや二つは働いただろうと脅かすものがいて
ついうなずいてしまったのがぼくの運の尽きであった
その日からぼくの日課は朝夕に懺悔することであった
懺悔するにしても体力がいるので鍛え直すことにした

鍛練といっても科学的な方法は何も知らなかったので
失笑を買うのを百も承知でぼくはぼくなりに実行した
大川に深い淵があったので飛び込んで水底まで潜った
田んぼのはずれに高い樹があったので天辺まで上った
山の麓に三重塔が見えたので古寺まで全力で疾走した

春の空

ちちッと短く発語してことりは木から飛んだ
広い空を去って行くことりにぼくは敬礼した
さて、ことりの伝言の意味を解釈するために
残された時間を費やさねばならないとすれば
この世は何と宿題が多いことなのでしょうか

地上ではことりに会える手立てはなにもなく
霞のかかった春の空をひとり飛ばねばならぬ
春の野では子どもらが輪になって遊んでいた
彼等は宿題なんかすでに忘れているのだろう
ぼくも厄介事を抱えて空を眺めているだけだ

昼夜

風に追われるかのようにぼくはいつまでも走っている
誰とも競うつもりはないがぼくは昼も夜も走っている
息を切らし懸命に走っているので何も見えなかったが
浅く水を張った早苗田が遠くまで広がる村があったり
買物客で混雑する商店街があったりしたのではないか

商店街の大通りや早苗田の畦道や川土手を血相を変え
たった一人で走っている老人ランナーがいたとしたら
それは確かにゴールを目指す七十のぼくだっただろう
呼んでいる声を聞き過ごしぼくは昼夜走り続けている
ぼくを見かけても声援などは決してしないでください

牛舎

山辺に投棄された塵芥の傍で亡友は泣いていた
理由を尋ねたら大事なものを無くしたと訴えた
探してあげるから泣くのは止めなさいと慰めた
それで友と共に大事なものを探すことにしたが
大事なものとは何かと質しても泣くだけだった

ぼくは腹を立てることなくあちこち探し回った
牛舎の横手に井戸があったが完全に涸れていた
ビニールハウスに入ってみたが作物はなかった
大事なものとは食料でも水でもないらしかった
では大事なものとは何か、ぼくも泣きたくなる

天蓋

街道の水場で休んでいたら天蓋をかざしたかれがきた
ぼくの行き先を訊いたので長橋の向こうまでといった
ああ極楽ですかと大変つまらなさそうにかれはいった
門出に腹立ちはいらぬのでぼくは自制して黙っていた
実は執念深いようだがいまでもぼくはがまんしている

谷間の空間を埋め尽くすかのようにせみが鳴いていた
かれは流れる水を柄杓で汲んでゆっくり飲み終えると
暑い日だが出掛けるにはいい日和ですと厳かにいった
格好つけた物言いがおかしかったがここもがまんした
あの日から歩いているが極楽には着いていないようだ

百喩

川向こうの土地は広く地平まで菜種の畑が続いていた
川波は陽にきらめいて荷を運ぶ川舟が往き来していた
時を刻むかのような櫓を漕ぐ音が間断なく届いていた
頼んで川舟に便乗させてもらうことができるのならば
ぼくは躊躇することなく川辺を離れて百の村を訪ねる

だが何処からか虻が飛んできてぼくの肩に宿ったので
このまましばらくぼくはこの川辺に泊まることにした
境界を超えるにはまず虻の奴を飛び立たせねばならぬ
両肩をゆすってみたが効き目なく疲れるばかりだった
今も右肩には囁く一匹の虻がいてぼくを牽制している

慈雨

山を越え川を渡り堤防を歩いて僕は帰ってきた
山を越えるとき川を渡るとき夏空は晴れていた
昼過ぎて越前平野を行くと突然雨が降ってきた
手に提げていた買物袋もひどく濡れてしまった
冥府で買い戻してきた母の享年を出して調べた

母の四十三年は雨に打たれさらに眩しく光った
たちまち慈雨は止み僕はふたたび縄手を行った
菅笠をかぶった老婆が野菜畑で草を抜いていた
あの方はどなたの母親であろうかなどと羨望し
母の享年をしまい込みながら山裾の道を行った

田の道

これといった用は何もなかったのだが梅雨入りまえの
六月の空は輝き大地に光を注いで促すものがいたので
里山の麓の赤い幟の立つ岩室の祠まで行くことにした
朝早く起きると水筒だけを肩に掛けて軽装で出てきた
いわばこれが僕にとっての同行二人の真似事であった

何処までも乾いている砂利道を迷うことなく過ぎると
青田や土手の白い花に見とれたりして田の道を歩いた
途中で牛飼いの人を見かけたが彼は青草を刈っていた
僕を促すものが誰かは明瞭に認識できなかったのだが
山麓では大幟が音立てて正午の山風にはためいていた

畝間

何が気に入らなかったのか空へ遁走するものがいた
遁走したものがだれであったかは分からなかったが
僕はスランプに落ち入り一行の詩も書けなくなった
雲の上へ遁走したものを連れもどすことに専念した
詩が書けなくなったことは余り苦にはならなかった

晴れの日だったので雑木林の外回りの道を散策した
鍬を振るって拓いた畑を耕している親子がいたので
長靴とスコップを借りてきて昼頃まで僕は手伝った
種芋を埋けてから見たら畝間に干涸びた蚯蚓がいた
その夜半から恋い焦がれるように亡者の詩を書いた

香香

新開地には太陽が照りつけ陽炎が燃えていた
時分時だったので食堂に入り親子丼を食べた
安普請の店で僕以外に客は一人もいなかった
窓越しに生餌を啄む鶏や豚小屋が見えていた
空の道を往来するものらが続続とやってきた
男も女もいたし赤ん坊も杖を引く老人もいた

新装開店の食堂は大勢の客で急に込み合った
一時間が過ぎて軒先の風鈴がちりんと鳴った
彼等はみんな嬉嬉として地上から立ち去った
香香を噛みながらしんがりの人まで見送った
顔やうなじや両腕の汗を手ぬぐいで拭き拭き
長年の勤めを止めた気分で僕は家路についた

青年

郵便局の駐車場の近くで見知った青年に会ったので
ぼくは気になる向こう側の最近の情勢を伺ってみた
夏空から降りてきた青年の肌は日に焼け精悍だった
特に変わったことは何もありませんと青年は言った
観音さんに依頼された急ぎの用事があるらしかった

急いでいますのでと断ってから青年は角を曲がった
大通りには蕎麦屋や八百屋や鮨屋や薬屋等があった
暑中見舞いを投函して簾を下げた自宅に足を向けた
好青年は早くいらっしゃいとは言わなかったのだが
別れしなにまた会いましょうとは言ってくれたのだ

喇叭の音

ぼくが住む町のお稲荷さんのところに亡母がいた
こんなところに居たのかとぼくは驚き駆け寄った
母は動ずることなく長いこと詩を読み耽っていた
母は詩集を投げ捨てるとみな嘘っぱちよといった
表紙の土を落としながら昼の道で母の評に堪えた

夕暮れになり豆腐売りの喇叭の音が近づいてきた
機嫌を直した母は立ち上がってごめんねと謝った
それから母は七月の街衢の空へ舞いながら上った
豆腐を食べるたび詩は書かないでおこうと決めた
喇叭の音を聞くたび詩をたくさん書こうと決めた

枇杷の木

ぼくの時代の川の底に痩せさらばえた母と子がいた
水草の経帷子を着た母は子を背中に括りつけていた
ぼくの母ではないがぼくの母だ、子は母を万回呼ぶ
かあちゃんと呼んだがぼくを呼ぶ母の声はなかった
ぼくの時代の川の底のどこかにぼくの母も絶対いる

激しい水勢に押されながら川の底へぼくは逆行した
母を亡くした子であればどなたでも逆行できるのだ
枇杷の木がある庭に子をあやし泣いている母がいた
枇杷の木に実はなく飢えだけがたわわに実っていた
台所の片隅に子に乳首をあたえ泣いている母がいた

提灯行列

黒闇に溶け込むように土手道を行く提灯行列があった
歌をうたうでもなかった国旗を打ち振るでもなかった
死を迎えたばかりの人や鳥や獣や虫の長い行列だった
泣いているのも笑っているのも激怒しているのもいた
振り返ったりするので行列から外れて遅れるのもいた

土手下の草むらでは息絶える母親がよこたわっていた
東山の端に白い月が影絵のように浮かび上がってきた
夜露が閉じた唇を湿らすと母親の口元が幽かに歪んだ
子らは母親のからだにすがり強くゆすっては叫んだよ
無礙の土手道で提灯を点した母親が子らを待っている

沖田の畦

蜜柑箱の柩のなかで抱かせてもらった人形を抱きしめて
女の子は前方を見つめ空の細道を健気に進んでいったが
訴えることのできぬ中有の不安に怯えて歩けなくなった
そのとき愛別の里では田起こしの作業をいっとき中断し
田の泥に立ち頭を垂れ合掌する農夫農婦が多くおられた

どなたに励まされたのかふたたび女の子は進んでいった
女の子が人形に頬ずりすると女の子は日の衣に包まれた
たちまち地平の空は茜色に染まり働く人は冷気に凍えた
そのとき離苦の里では農具を放り出し田の泥に突っ伏し
沖田の畦を両方の拳で叩きながら号泣する人がおられた

II

ジャンケン

唱歌を歌いながら小川の岸辺まで友と二人でやってきた
どちらが初めに向こう岸に渡るかをジャンケンで決めた
ふきのとうを洗うように流れる川の水は冷たそうだった
ジャンケンに負けた友は早く来いよと叫んで先に跳んだ
振り返ることもなく走って友は見えなくなってしまった

僕は岸辺にしゃがみ込んで跳ぶことなく六十年が過ぎた
一日たりとも僕は友のうしろ姿を忘れたことはなかった
郊外の荒蕪地は宅地に造成されて小川も埋め立てられた
住宅地は発展途上で子らの表情はみんな潑剌としていた
早くおいでよと友が友を呼ぶ高声が聞こえてきたりした

絹雲

プラグがコンセントから抜けてテレビの映像が消えた
一打サヨナラの場面だったのでファンの僕はあわてた
すぐにプラグをコンセントに差し込んで見たときには
ひいきの強打者は画面になくナイターは終了していた
今夜も負けたかと呆れてこんどは自分で電源を切った

木槿の老木のある村に通じる野道で空を見上げていた
絹雲をまとい僕を招く方が現れたり消えたりしていた
どなたが僕を招くのか知りたくないといえば嘘になる
野道にもコンセントのような仕掛けはあるのだろうか
詩の回路を接続すれば招く方がどなたかはすぐ分かる

平凡

墓地の小道を行くとカップヌードルを供えた墓があった
いくら故人の好物でもインスタント食品は変ではないか
だがそれもご時世かとぼくは納得しさらに小道を辿った
浅春の風は冷たかったが晴れていて森では鶯が鳴き初め
視界を占める市街地の家並みは彼方まで光を浴びていた

墓地は子どもたちが駆け回ったりしていて騒騒しかった
墓地の脇道の日だまりに建てられたばかりの墓があって
連れ合いに先立たれた人が手を合わせてお参りしていた
まだかなと死者が問い、すぐですよと生者が答えている
そんな夫と妻の平凡なやりとりも耳に入ってきたりした

蓬莱軒

なににいたしますかと聞かれたのでライスカレーを注文した
ハイカラなエプロンをつけた給仕さんはこちら側の人だった
蓬莱軒の厨房で働いている料理人さんは向こう側の人だった
五月の川風の爽やかさに包まれながら中古の自転車に乗って
ぼくはライスカレーが食べたくなると川べりのこの店にきた

繁盛していて大川の向こう側からもこちら側からも客はきた
またお会いしましたねなどと客同士が言葉を交わしたりした
予約席でべそをかいてライスカレーを食べている少年がいた
亡母と待ち合わせする少年で従業員はみんな気を使っていた
入り口の扉が開くたび客も食事を中断しみんな扉の方を見た

キャッチボール

物干し場にいたら空から飛来したかれが肩に留まった
様子を聞いたら今日も混雑しているよとかれはいった
何の日と尋ねたら日日命日だと返事はそっけなかった
太陽は真上で物干し場には布団や毛布が干してあった
裏通りをわらびもちを売る車がゆっくりと通り過ぎた

間もなく澄み渡る青空の不穏な静けさは完璧に消えた
裏通りは活気づいて肩で休むかれも活発に動きだした
キャッチボールをしている少年の歓声が上がっていた
ワルイワルイと叫ぶ暴投した少年の声が上がっていた
かれはすぐさま肩を飛び立ち元気な人の体に向かった

水曜日

僕の暦の道をきたかれは大層疲れているようだった
目を逸らさず見ていたらやがてかれは立ち止まった
そのままかれは池畔の樹木の陰で静かに横になった
花も咲いていて憩いの場所のようであるらしかった
そこは四月の水曜日で僕の暦の真ん中あたりだった

かれの居所を見失わないように暦にしるしをつけた
四月の水曜日が誕生日の人もいるし命日の人もいる
運命論者ではないし縁起を担ぐわけでもないのだが
僕の暦という感傷もあってかれの行き先は気になる
ふたたび暦を見たらかれはもう出立したあとだった

レッスン

ピアノのレッスンを終えてもどる少年が歩道をくる
公園通りの街路樹は辛夷だが開花期はもう少し先だ
半ズボンの少年は両手の指を軽やかに動かしている
習ったばかりの曲なのか空中の鍵盤で練習している
専門家ならば何の曲を弾くのか当てるにちがいない

高齢者のぼくも朝早く起きてレッスンを受けている
柔軟体操をしてから公園通りを軽くジョギングする
体力に自信がある日は山頂への石段を上り下りする
少年のような向上心はなく怠けてばかりではあるが
両腕を振って大空を飛ぶ鳥の真似は毎日欠かさない

ワンピース

昼には向かいの家の物干しに干してある少女の簡単服が
八月の風に吹かれてスキップするかのように揺れていた
昼寝から目覚めたばかりの子が裏の家でむずかりだした
隣家には少年たちが集まりテレビゲームに熱中していた
そんな午後二時の近景に嵌め込むピースをぼくは集めた

日暮れてからは筋向かいの家の庭の隅に置かれた虫籠で
飼っているくつわ虫がガチャガチャガチャと鳴き始めた
民謡踊りの会場からイッチョライ節が夜風に乗ってきた
内職のミシンを踏むハハの溜め息が夜空からもれてきた
そんな午後九時の遠景に嵌め込むピースをぼくは集めた

生気

自動車は往来するが西別院通りを歩くのがぼくは好きだ
老舗の菓子屋の老女が道路に出した縁台に腰掛けていた
立派な体格の佛さんが老女の背中をしっかり支えていた
店のガラス戸に蓬団子と手書きした半紙が張ってあった
少年三人が駆け込んできてアイスキャンディーを買った

二三日姿を見せない老女が気になって店内を覗いて見た
老女が一人座っていてアイスキャンディーをなめていた
すっかり生気を取りもどした老女は愛想笑いをしながら
立ち上がっていらっしゃいませと佛さんのようにいった
ぼくは仕方なくアイスキャンディーをくださいといった

相手

木が立っていたのでゴメンゴメンとぼくは木に謝る
鳥が飛んでいたのでゴメンゴメンとぼくは鳥に謝る
魚が泳いでいたのでゴメンゴメンとぼくは魚に謝る
花が咲いていたのでゴメンゴメンとぼくは花に謝る
人が歩いていたのでゴメンゴメンとぼくは人に謝る

ぼくはチチハハに謝る、ツマコに謝る、トモに謝る
生者は生きているということだけで罪を犯している
死者は死んでいるということだけで罪を犯している
石灰色の空で生者と死者の気鬱な声が交錯している
ついには謝る相手が無くなり自分自身に謝っている

Ⅲ

新橋

むずかしく考えることはなにひとつありませんから
ごく自然に振る舞えばよろしいのですと彼はいった
彼は魂との付き合い方をそんなふうに教えてくれた
堤防には温和な人がいて彼の言葉にうなずいていた
ぼくはそれだけかよと不満だったが説得力はあった

ちかちかときらめいて遠い記憶が川瀬で跳ねていた
退屈したので電車や自動車が通る新橋を眺めていた
それでぼくの名が呼ばれたとき返事ができなかった
腹癒せにぼくはハーイと時たま返事したりしている
堤防にはぼくだけがいて春の若草だけが萌えていた

一日

みんなそろって一日何回も往復しているのだからね
往還道を見つけたらそこで待つんだよと彼は言った
待つだけですかと念を押すとそうだよと彼は言った
一年待っても三年待っても会える保証はなかったが
逝った人に会う方法はそれが一番であるらしかった

難しいようなので渋ったら君次第だよと激励された
会いたくない人もいたが是非会いたい人もいたので
奮い立ち村外れの四ツ辻に行って背を伸ばしていた
心配してか片時も離れず彼は僕に付いてきたようだ
彼は一日、燕の如く飛んで人生の軒下を出入りした

悪い日

今日こそは自分の花を咲かせようと草は決意したが
谷間の草の花は蕾のままで一日が終わってしまった
雪解け水はしぶいて日だまりの蕾にも降りそそいだ
夜明けから天気は上上だったものの気温は上がらず
今日は悪い日だったと草は深く落胆したことだろう

谷間の村に住んで自分の詩を書こうと誓いを立てて
生きてきたが書けぬままに七十年が過ぎてしまった
今日は悪い日だったと僕は夜ごと草のように萎れた
谷間の家の土蔵で夜ごと眠れぬままに目覚めていて
川の音を聞きながら明日こそは書けるように祈った

光の莚

お棺の舟を漕いで一人やって来るうぶな友がいる
名を呼べば友は舟から跳んで大川に入ってしまう
ここからは川の底で迷っている友の姿は見えない
あちらからは柳の下に立つぼくの姿は見えるのか
試しに小石を投げてみたら鴨が驚いただけだった

いつか友がぼくを訪ねてきてくれることを信じて
いつか友が弾んだ声をかけてくれることを信じて
ぼくは光の莚に座りこぼれざいわいを待っている
ときには食事したり居眠りしたり小用を足したり
河川敷きの麦畑で雲雀の巣を見回ったりしている

新世界

長堤まで行って草いきれのなかで午睡をしていたら
かれがきて逢えましたかと聞いてくださったのだが
ぼくは未だですとぶっきらぼうに応えただけだった
雷雲を避け迂回しながら空の道を気を落として帰る
年老いたひとのように衰えたかれの姿を目で追った

日照りの地上にわざわざ降下してきてくれたかれに
そっけなくしたことだけがぼくにはただ悔やまれた
里山と集落と田畑だけの明るい新世界を望みながら
会者定離を信じたせいかぼくは何の当てもないのに
河口まで行こうか行かないでおこうか真剣に迷った

何の木

牛が草を食んでいる牧場にきて昼弁当を食べていたら
若い詩人が出てきて握り飯をひとつくださいといった
詩人は握り飯を食べ終えるとお茶をくださいといった
昔噺のようにお供にしてくださいとはいわなかったが
草の上に座ったまま長く腰をあげることをしなかった

でも僕が差し出した新刊詩集と国語辞典を受け取ると
詩人はグライダーのように上昇し入道雲の峰を越えた
詩人と出会った場所には何の木が芽生えるのだろうか
あれから詩人とは本の中でさえ会う機会はなかったが
百年後に僕は詩人と肩を並べて聳える木を仰いでいる

大木

信心深くはないが縁日なので誘われるままに山に参った
ピクニックに行ったみたいな浮き浮きとした気分だった
知り合いの死者がいて後世のお守りを叩き売りしていた
善男善女に紛れ込みかれの前を足早に通過しようとした
かれは目敏くぼくを見つけ大声で買って買ってと迫った

買うほどのものではなかったが廉価だったので購入した
何度か捨てようとしたのだがそれがなかなか難事だった
後世のお守りは椎の実に似ていて今は机上に置いてある
手に取って握り締めたり観察したり転がしたりしている
夢でふたりはそろい照葉樹の大木を見上げ感嘆している

雨季

指示された洞穴のような薄暗い場所に辛うじて着いた
待ち受けていた彼はぼくの遅刻を容赦なく責め立てた
姿は見せないが怒声は読経のように切れ目がなかった
理不尽な叱責にぼくは下唇を噛んで直立不動で怯えた
彼には彼の事情があるのだろうがぼくにも事情はある

ふたつの目に涙はあふれてこぼれぼくの両頬を流れた
熱い涙は頬に幾筋も刻まれた乾いた河を豊かに潤した
やがて小鳥や虫や毛ものらが来て鹹い水を飲み始めた
彼を先頭に死んだ人も来て順番に鹹い水を飲み始めた
彼はぼくがぼくであることなど疾っくに忘却していた

林間

薄明かりの林間で黄色や赤色の木の葉が舞っている
それぞれ舞い方はちがうが木の葉はかならず落ちる
小枝には懐かしいものたちが目白押しに並んでいて
舞う人たちを見送るかのようにしきりに囀っている
曼陀羅ではないがこんなぼくにも囀りは聞き取れる

薄明かりの晩年の人生にも不幸や幸福があるようだ
不幸も幸福も舞い落ちる木の葉のように風に流れて
気紛れに近く寄ってきたり遠く離れていったりする
幸不幸諸共に地面に到るまでには少しの猶予がある
人生論ではないがこんなぼくにも猶予の時間はある

Ⅳ

日野川

使いがきてぼくに大きな甕を無理矢理に押しつけた
買ってくれと頼まれなかったのがぼくの救いだった
使いは満足そうに笑みを浮かべて軽自動車に乗った
その日から両親の涙の甕をどこにしまっておくかが
大変罰当たりなことだがぼくの人生の難題になった

今日まで十キロはある大甕を担いで過ごしてきたが
整形外科では重い物は持たないようにと注意された
それでぼくは日に何度も甕に指を入れて両親の涙を
舐めたり橋上から日野川に流したりしているのだが
涙より大甕が重たいのだろうと揶揄する悪友もいる

良い日

青い背広を着たセールスマンは町内までやってきた
革靴は傷んで靴底には大きな穴が開いていたようだ
新人らしく手抜きはしないで一軒一軒訪問していた
留守宅には郵便受けに一枚ずつビラを入れていった
彼は地獄谷ツアーを扱うセールスマンのようだった

鉄線の花を避け垣根越しに彼は家の中を見たようだ
ぼくも妻もセールスマンの来訪には気づかなかった
ぼくはテレビに飽きて本を読んだりしていたからか
妻はシャツにアイロンをかけ今日は良い日でしたね
夕食は何にしましょうかといったりしていたからか

寧日

小鳥が殺されたので庭の花をちぎり飾ってみた
瓶の花の青い花弁を見つめながら牛乳を飲んだ
新聞のおくやみ欄に目を通してから立ち上がり
電気洗濯機に汚れた日常を放り入れて動かした
ポプラの高木が見える窓から日光が入ってきた

目の前が急に明るくなったり暗くなったりした
洗濯機では下着にまじって怠惰が渦巻いていた
彼女が殺された日に青空の下で僕は何をしたか
一歩も外出することなく家でごろごろしていた
たとえばそんな日日を寧日だというのだろうか

青葉

博物館に魂が陳列されていると聞いたので外出した
きみの魂は小部屋の棚に並べられた壜の中にあった
きみの魂は新鮮で今にも壜から飛び出しそうだった
窓外には蔓をからませ青葉を繁らせた藤棚があった
藤棚の下には少年と少女がいて肩を寄せ合っていた

きみの魂を驚かさないように物音を立てずに去った
きみの魂が飛んだのは僕が本屋に寄ったあとだった
きみの魂は藤棚を越え博物館を越え足羽山を越えて
麗しい五月の空の光源に向かって猛速で急上昇した
どの街にもどの村にも飛ぶ魂を見た人はいなかった

雀色時

水田の稲穂は垂れて明日には稲刈りが始まるだろう
バスを待ちながら時刻表を取り出しページを繰って
こちらからあちらへの最終電車の時間を調べていた
引き込まれて思わずここがどこなのかを忘れかけた
たちまち彼方の空から滑り降りて来る老夫婦がいた

彼も彼女も英ちゃん英ちゃんと僕の名を呼んでいた
彼も彼女も地上で僕を溺愛してくれた人たちだった
収穫直前の農村ほど親子対面に似合う場はなかった
雀色時のバス停で人の子であることに僕は歓喜した
御陰で僕は駅前行きのバスに乗り電車に間に合った

半日

草の花に顔を近づけるようにして後生善所を覗いた
瑞雲は棚引き物物交換する市場は喧騒を極めていた
市場には野良犬もいて食堂の食べかすを漁っていた
望楼もあって地上の出来事を見張っている彼がいた
彼は万能ではないが僕の日常の動向を監視していた

その日は城址の広場で半日を過ごしただけなのだが
帰宅後に高熱を発し僕は人事不省に陥ってしまった
意識を失った僕はうわ言で何を口走ったのだろうか
草の花が一斉にすぼんだとき彼は外から入ってきた
彼の正体は不分明だが朝には熱が下がり食欲も出た

故郷

選んだ日ではなかったが七曲がりの往還道を行くと
細坂の橋の上でおかっぱの童女が待っていてくれた
僕が微笑すると童女は顔を真っ赤にして恥じらった
有難うというと童女は深深と頭を下げてお辞儀した
童女の大人っぽい言葉遣いや身振りが愛らしかった

童女がどこの子であるかは僕には分からなかったが
稲のある景色は妣の住む所であることを示していた
山の花は山帽子に似ていたが故郷の花ではなかった
せせらぎは絶え間なく胎内回帰の刻を告知していた
僕は僕を妊娠してくださるお方に行き合ったようだ

新天地

三日が過ぎた、ヨーロッパ軒で先輩と鉢合わせしたとき
予期せぬことだったので上がって目礼すらできなかった
十日が過ぎた、僕は一人前の魂になっているらしかった
町の空を一直線に飛んで行き先輩と擦れ違った場合でも
いまではもう大きな声でジョークさえいうことができた

二十日が過ぎた、僕は新天地に到着しているらしかった
萱葺きの家の周囲には代掻きした田が静まり返っていた
三十日が過ぎた、田植えはすんで早苗は根を張っていた
この集落が目的地だと確信し僕は少しずつ高度を下げた
千年樹の根方に莫蓙を敷いて座っている百人を発見した

噴水

案内されて廊下を行くと突き当たりに応接室があった
年齢不詳の老人が座卓を前に正座して僕を待っていた
分厚な和綴じの文書が何十冊と卓上に置かれてあった
藍色の表紙に金泥で書いた名簿の二文字が読み取れた
この場所が何処であるかを僕はさっきから考えていた

ちょっと頭を下げてから老人は僕の顔を正視してきた
人生最終章の口頭試問だということは知らされていた
庭前の花は立葵のようだったが地上の花ではなかった
泉水の魚は緋鯉のようだったが地上の魚ではなかった
吹き上げは大空高く魂の小船を何艘も出帆させていた

V

六月の庭

呼び鈴を三度押してみたが家の中から返事はなかった
念のために板塀の節穴に目を当てて内側を探ってみた
荒れてはいたものの泰山木がある六月上旬の庭だった
香を焚く匂いが漂ってきたが人のいる気配はなかった
やはり留守のようだったのでぼくは出直すことにした

百坂を下りていったら百坂を上ってきた老紳士がいた
彼は紙袋を抱いていて袋には肉と葱の束が入っていた
彼を見ていたら先に訪ねた坂の上の家の門をくぐった
引き返そうかなとも思ったが町会の野暮用だったので
やはり今日はこのまま帰った方がいいとぼくは判じた

河畔

嬉しいなとつぶやく聞き覚えのある友の声が聞こえた
僕は見回して見たが周囲には管を巻く仲間だけがいた
食卓の皿と皿の間に隠すように花一輪が置いてあった
親切な渡辺夫妻は死者も交えて招いているはずだった
亡友がいて柿の若葉の天麩羅を食べているはずだった

河畔に富有柿の木があり若葉は今年も照り輝いていた
山峡は美しいなとつぶやく友の若若しい声が聞こえた
いつの年にか、今日のような五月晴れの上天気の日に
蓮華草の花一輪を摘んで後の世から僕も来るのだろう
そのとき老けた声で僕も嬉しいなと独語するのだろう

うぐいす

初夏の山の藪でうぐいすがホーホケキョと鳴いていた
この湯治場が今日泊まるぼくの宿だと直感で分かった
案内を請うとすぐ旧館の二階の六畳間に通してくれた
近くにダム湖があり彼方の国境の尾根に鉄塔があった
間もなくお年寄りの番頭さんが宿帳を持ってこられた

魂になったばかりなので自分の名を覚えていなかった
仕方がないのでぼくはホーホケキョと書いて済ませた
ホッホッと口に手を当てて笑い彼は親の名を確かめた
チチは釋正應です、ハハは釋妙常ですとぼくは答えた
それではごゆっくりと丁寧に言って彼は静かに退いた

大池

満水の大池まで脇目もふらずぼくは早足でやってきた
池端でへばっていたら彼がきて声をかけてくれながら
竹筒に入れた深谷の水をぼくに何杯も飲ませてくれた
厚く感謝し地獄に佛ですよといったら彼は大笑いした
いずれ彼の世話にならねばならぬがいまはこれでいい

彼は佛さんではないが住み処はどうやら水の底らしく
末草の花を揺らしながら水中にさっさと降りて行った
あそこには何があるのだろうか階段があるのだろうか
小鮒が群れをなしてただ泳いでいるだけなのだろうか
濃霧が立ち込めてきて有相無相の二重の風景を覆った

麓の村

或る朝のこと縁側から裏庭に出て大きなあくびをした
僕の口から勢い良く飛び出して行ったものたちがいた
僕の失敗には違いなかったが余りに酷い仕打ちだった
茱萸の木の枝枝は熟した実の重さで垂れ下がっていた
朝焼けの空の下で目には見えぬ彼等を僕は呼び続けた

彼等とは僕はまだ麓の村で長く一緒に暮らしたいのだ
哀願する僕の泣き声を聞いて不服そうに降りた彼等は
赤い実を食べたばかりの食道を通り僕の詩心に戻った
彼等は喜怒哀楽を敬遠し絶えず僕の油断を狙っていた
僕が酒も飲まず付き合いが悪いのは彼等のせいなのだ

段段畑

山里では段段畑の菜の花や棚田の蓮華が満開だった
電車と乗り合いバスを乗り継いで停留所に降りた時
ぼくが到着したことを知っていたのは彼だけだった
慰労されながら溜め池の土手まで連れられていった
誰にも咎められることのない草深い平坦な道だった

溜め池には大歓迎してくれるものらが集合していた
みんな見覚えのあるぼくの親族や友達のようだった
両掌でそっと水を掬うようにぼくは彼らと邂逅した
何時の間にか彼もまたぼくの掌中で小躍りしていた
入り相の鐘が鳴ったので来た道をぼくは引き返した

高い声

大浴場で身体を洗っていたらかれがそばに寄って来た
うるさい奴が来たもんだなと内心不快を覚えていたら
かれはぼくの不機嫌に気づいてぼくから離れていった
かれは商売柄か読唇術ならぬ読心術を身に付けていた
ペチャクチャとお喋りする甲高い大声が反響してきた

湯気のせいで得意気な顔の表情までは見えなかったが
かれは人の背中を流しながら教薬の力を宣伝していた
浴客はまばらで洗髪したり湯船に漬かっていたりした
浴客は無関心な風を装いながらも聞き耳を立てていた
とすればかれの悪口を敢えていうこともないのだがね

死者が出たとよくいうが出たという簡潔さが好きだ
生者も腹から出たのだし無感動な表現ではない筈だ
今朝もこの世の木戸から出て行く村の人がおられた
榛の木のある野辺の空の方へ村の人は向かっていた
となれば魂を導く天の長に誰か頼まなければならぬ

ぼくは恥ずかしかったが裏山に登って栗の樹の下で
手旗信号のように両方の手を振って天に合図をした
応答を待ったが栗の毬が一つ落ちてきただけだった
無視されたくやしさをおさえきれず思い切り乱暴に
長靴で毬を踏んで割ったら艶やかな天恵が出てきた

憂鬱

ことりは大雪の降る空間に垂れ下がる灰色の幕を
鋭く引き裂くかのように大屋根の上で鳴いていた
もしかしてぼくがことりに生まれ変わるのならば
連れ合いを呼ぶ、あのことりの特徴ある鳴き声を
ぼくはいまからしっかりと覚えておかねばならぬ

ぼくはことりを見上げてピーッと一声鳴いてみた
ことりは驚き渦巻く気流に巻き込まれてしまった
雪の深い山のねぐらに着いたのならば一安心だが
荒れ狂う空の果てで吹雪に打たれ落ちたとなれば
ぼくがことり一羽を故意に殺したことになるのか

VI

三十センチ

生まれたばかりの赤ん坊のようにオギャアオギャアと
生まれたばかりの魂も切なげに泣くだけなのだろうか
そんなとき子に乳房を含ませたり襁褓を変えたりする
母のように地上三十センチの闇で魂をかばってくれる
そんなだれかがぼくの住む町にもおられるのだろうか

街灯に照らされて花水木の苞は夜も輪郭を見せていた
小学校のブランコは夜風を受けて金具を鳴らしていた
松本通りの商店街は軒並みシャッターを下ろしていた
行人や車の走行も跡絶え信号は黄色を点滅させていた
真夜中の町で魂が生まれるらしく急ぎ足の詩人がいた

胡蝶

病床の人の手は温かかったが前日から見放されていた
こんな別離はとてもたまらないなとぼくはかなしんだ
それでも連れ戻したいので病床の人の手を握っていた
見舞い客にいただいた胡蝶蘭の花の香りはなかったが
病室の窓が閉まっていたせいか次第に息苦しくなった

大分前からぼくに付きまとう胡散臭いかれがきていて
早く手を離せ手を離せ手を離せとぼくに厳命するのだ
ぼくが手を解くとかれは病床の人を力強く抱き締めた
かれはかなしまないでといって屋上から星空へ消えた
そんな抱擁の定義も世上にあるがぼくは受け付けない

唐黍畑

ベルが鳴り受話器を取ったらいきなり流暢な英語だった
理解もせずにＯＫといったら電話の相手もＯＫといった
アメリカの東海岸の都市に住む子がすぐ呼び掛けてきた
コレクトコールにさせてもらったよと子は明るくいった
言いわけを聞いて了承はしたがそんなものかと苦笑した

随分長くご無沙汰したのでぼくは早くに起きて外に出て
唐黍畑を渡って行く朝の風に乗せて安楽国土に送信した
夜中に裏山の笹原を渡って来る風に乗って運ばれてきた
チチハハからのつつがないことを告げる返信に安心した
両親の消息を知りたい息子や娘は町にも村にも大勢いた

水の上

バイクを駆って村から村を巡回する制服の人がいた
吉報を告げる白紙や凶報を告げる赤紙を配っていた
そんな任務を担う彼の存在を知る住民はいなかった
午後遅く配達を完了した彼は吊り橋を徐行しながら
赤紙を配らねばならぬ定めを嘆いて虚空へ帰還した

A家には笑い声が起こりB家からは泣き声がもれた
C家には怒る声が聞こえD家からは人声がとだえた
隣村の湿原には壊れたバイクが捨てられてあったり
破り捨てた赤紙が何通も水上に浮かんでいたりした
めずらしい赤い花だと勘違いするひともたまにいた

道の駅

大空の道の駅の公衆便所にはいつも長い列ができた
人は死ぬと地上への未練を排泄して心身を軽くした
排泄を終えた人らはこぞって展望台に集まってきた
展望台からは天気の状態に関係なく過去世が見えた
としてもなんの始まりも終わりもここにはなかった

母親らしい人が展望台で買った絵葉書を風に託した
地上の河原をくまなく探したら小魚の死骸があった
小魚には蠅がたかっていていかにも醜く無残だった
絵葉書を待つ子らの泣き声は道の駅に達したはずだ
としてもなんの始まりも終わりもここにはなかった

酸味

上級生に強制されて道端のすかんぽを一口だけ噛んでみた
酸味はあるが苦く好んで口にするほどのものではなかった
母さんに叱られるかもしれないねと友が小さな声でいった
母さんに叱られるかもしれないねと僕も小さな声でいった
その日は幸いにも僕も友も母に気付かれることはなかった

六十年振りに冥土から友を呼び出しすかんぽを噛んでみた
この味なんだよね酸っぱいねと友が懐かしそうにいうので
地上の味なんかもう忘れなさいよといいたかったが止めた
人生の道端で僕は不確かな記憶のテープを再生してみたが
友の声はなく遠い風の音だけがあった、僕だけが赤面した

稲架場

盂蘭盆会が近くなると天上から木綿の裂が落ちて来る
その夜は村中総出で大中小の裂を残さずに拾い集める
稲架場に裂は多く散らばっていて月光を反射している
藍染めの裂を拾ったおとなが奇声を発して喜んでいる
たかが裂を拾ったぐらいで何だと軽蔑する人はいない

木綿の裂には血に繋がる人の汗も涙も染み込んでいる
裁縫が得手な人も不得手な人も裂を使って衣服を作る
裂を拾い集め一張羅の野良着を縫い上げる方方もいる
僕もぼくの人生の晴れ着を縫い上げようとしているが
僕より先に縫い上げ着ている友もいるので焦っている

あとがき

第五詩集『苜蓿』刊行後の五年間に書いた作品から選んで収載しました。初出は「木立ち」「現代詩手帖」「詩学」「GANYMEDE」「イリプス」「詩と創造」「朝日新聞」などですが、全作品とも収載に際して一篇の行数や各篇ごとに一行の字数をそろえるなど、大幅に改作しました。

確たる改作の理由はありません。強いていえば推敲の過程で気紛れな遊び心が起きたからかもしれません。

畝と畝の間を畝間といいます。戦災で家が焼失し、母の村に縁故疎開していた一九四五年八月のある日、少年の私は他家の畑の茄子を無断でもぎとり、その茄子を手にしたまま畝間を素足で逃走したことがあります。六十年後のいまも、あの夏の日の茄子畑の灼けつくような土の熱さと、火傷したかのような足裏の痛みを覚えています。

とすれば私がこれまで書いてきた詩は人生の畝間で書いた遁走の詩だといってもいいのかもしれません。

思潮社の小田久郎氏はじめ制作担当の藤井一乃、和泉紗理両氏にはご懇篤な助言をいただきました。心より厚くお礼申し上げます。

二〇〇三年初夏

広部英一

広部《ひろべ》　英一《えいいち》
一九三一年十一月十八日生
詩誌「木立ち」同人
詩集『木の舟』（一九五九年）『鷺』（一九六三年）
『邂逅』（一九七七年）『愛染』（一九九〇年）『苜蓿』（一九九七年）
現代詩文庫160『広部英一詩集』（二〇〇〇年）
〒九一〇―〇〇〇四　福井市宝永三丁目二十五番十九号
電話・FAX　〇七七六―二四―七五九二

畝間《うねま》

著者
広《ひろ》部《べ》英《えい》一《いち》

発行者
小田久郎

発行所
株式会社　思潮社
〒一六二―〇八四二　東京都新宿区市谷砂土原町三―十五
電話　〇三(三二六七)八一五三(営業)・八一四一(編集)
FAX　〇三(三二六七)八一四二　振替〇〇一八〇―四―八一二一

印刷所
モリモト印刷

用紙
王子製紙、特種製紙

発行日
二〇〇三年七月三十日